AF317230

DU
REMBOURSEMENT
ET DE
L'AMORTISSEMENT.

PARIS,

A. PIHAN DELAFOREST,

IMPRIMEUR DE MONSIEUR LE DAUPHIN ET DE LA COUR DE CASSATION,

Rue des Noyers, n° 37.

1830.

« On pourrait mettre en question si le fonds de l'amor-
« tissement n'aurait pas pu être aussi productivement
« placé, en restant disponible dans les mains des contri-
« buables. » (*Rapport du comte Mollien au nom de la
commission de l'amortissement.*)

« On a été jusqu'à soutenir que les fonds d'amortisse-
« ment n'étaient pas moins sacrés que ceux de la dette.
« Non, l'État ne doit aux créanciers que le service exact
« des arrérages.» (*Rapport du duc de Levis sur le Projet de Remboursement.*)

« Voilà, mon noble ami, des faits qui peuvent con-
« duire à de graves réflexions; maintenant il faut convenir
« avec candeur, qu'ils n'étaient pas généralement connus
« l'année dernière. Au milieu d'une discussion animée,
« on n'avait pas eu le temps d'approfondir la matière :
« les esprits les plus sains, les hommes de la meilleure foi
« du monde purent hésiter, ou même avoir une opinion
« différente de celle qu'ils manifesteraient aujourd'hui.
« Lorsque le péril a été passé et qu'on a regardé en ar-
« rière, l'étude et la réflexion ont fait voir des choses
« dont on ne s'était pas même douté. » (*Seconde Lettre à
un Pair de France, par le vicomte de Châteaubriand,
sur le Projet de Remboursement.*)

L'homme se fatigue du doute, est avide de croire. Peu lui importe les voies par où on le mène; il lui suffit d'arriver au point de repos.

S'il faillit à comprendre le sens des choses, il se laisse prendre au son des mots: qu'on mette de côté les argumens, qu'on répète seulement les mêmes phrases; ainsi se forme la soi-disante conviction.

En cette façon, sans que la discussion ait été ouverte ou du moins ait été fermée quant au point de droit, on a vu s'ancrer dans les esprits, la légalité du remboursement des rentes.

C'est justement ce qui rend difficile la tâche de combattre, de réfuter le principe; car, n'étant point établi sur des raisons, il n'y a moyen de l'ébranler par des raisons.

Au plus, il est possible de faire naître quelques vagues soupçons, en rappelant ce qui fut dit dans le temps, en observant qu'il n'y a été nullement répondu.

La vérité est une. Ne pouvant se rencontrer des deux bords opposés, dès lors qu'un de ces bords n'a pas été exploré, il y a chance égale qu'elle y réside.

Il en est à peu près de même, au sujet de l'amortissement, sur lequel commencent à revenir quelques bons esprits.

D'abord, l'exemple a déterminé l'essai ; la nécessité des temps a prévenu les conseils du jugement. Et c'était bien.

Ensuite, la pratique a fondé, a fixé la théorie. On s'est dit, ce semble, si c'était bien, ce sera encore bien.

Voilà l'erreur.

L'amortissement n'est jamais qu'un artifice, qu'une manœuvre, à l'effet d'obtenir le crédit, puis d'exploiter le crédit ; après l'avoir obtenu et exploité, l'artifice est aussi coûteux et n'est plus profitable.

A cet égard, il a été assez parlé, bien qu'il n'y eut pas à agir encore : la parole était semée d'avance, afin que la pensée germât et mûrît à propos.

Le moment est venu d'agir et par conséquent de répéter ce qui n'a pas été entendu.

On n'a pas le droit de rembourser la rente.

Surtout on n'a pas le droit de la réduire en simulant des offres réelles.

Un droit naît avec l'acte, sort de l'acte même ; ni le débiteur , ni le créancier n'en avaient l'idée.

Un droit ne surgit pas à l'égard de ce qui est consommé : ce serait un effet rétroartif.

Un droit n'apparaît pas à la convenance d'une partie : il y aurait iniquité pour l'autre.

Un droit n'est acquis que par la coutume ou la convention : jamais elles n'ont existé.

Un droit ne s'invente pas par analogie : d'ailleurs elle ne se rencontre pas.

Un droit ne se fonde pas sur un artifice : l'amortissement a forcé le cours de la rente.

Un droit ne s'exerce pas comme par accident : la baisse peut succéder à la hausse.

Un droit impose un devoir collatéral : après avoir réduit, il faudrait consacrer le fonds d'amortissement.

Un droit suppose un devoir corrélatif : en réduisant l'intérêt au cours de 110, on serait tenu de l'augmenter au cours de 90.

Les rentiers sont créanciers, sont citoyens.

Au titre de créanciers, l'État est débiteur purement et simplement : son droit s'est épuisé lors du versement des fonds ; son devoir est engagé au paiement de l'intérêt.

L'État, ou le gouvernement du Roi, ou le parlement formé des trois pouvoirs, est partie obligée.

Dans la vérité, il n'y a pas de cause, de matière à procès : le contrat est là.

Suivant l'équité, en cas de procès, les deux parties doivent être entendues.

Suivant l'équité, une partie ne peut être juge dans sa cause.

L'État est d'autant moins en titre, après que la rente a déja été réduite par un acte de violence.

Il est d'autant moins en titre, en ce qu'il ne peut garantir contre le retour d'une semblable mesure.

Qu'on y prenne garde : depuis l'origine des sociétés, il s'est commis plus d'iniquités, plus d'atrocités, sous les formes de la loi, qu'en toute autre façon.

En qualité de citoyens.

L'Etat est tuteur des rentiers, ainsi que de toutes les classes de la société.

Il doit les protéger de même que les autres, les défendre vis-à-vis des autres.

L'Etat reste neutre : le débat est entre les rentiers et les contribuables.

Sous ce rapport, l'Etat se fait juge à bon droit, seulement il est tenu à rendre justice.

Ce qui sert ailleurs, nuit ici : ceux-là sont enrichis, ceux-ci sont dépouillés.

Le mal est très sensible, le bien est imperceptible.

Rien n'autorise donc, rien n'engage donc.

Qu'on y prenne garde : la majorité tend à faire passer son intérêt en loi, à faire subir sa loi à la minorité.

Le cri presque unanime étouffe les plaintes éparses : la conscience y est trompée.

Et l'existence, la liberté, la fortune demeurent sans garantie.

Ce serait un premier pas.

A l'égard de l'Etat, il n'en résulte ni formation de nouvelles richesses, ni accroissement du capital national.

Quant aux membres de l'Etat, en ne remboursant pas, le cinq et le trois, remis au niveau, s'établissent au cours mitoyen, au denier vingt-cinq environ.

Et l'argent pleut aussi bien, ou même davantage, n'étant plus commandé au service de l'agiotage.

Puis, le taux de l'intérêt contractuel ne se règle point sur celui de l'intérêt bursal.

Deux causes générales le déterminent : l'abondance des fonds et la rareté des emplois.

Une cause spéciale y influe, le degré de sécurité, de ponctualité des paiemens.

Dans l'agriculture, des retours lointains et incertains tendent à le tenir élevé.

Dans l'industrie, sa baisse ne favorise que la concurrence au dehors, et souvent détermine au dedans un excès de fabrication.

Il est heureux que l'emploi variable des opérations de bourse ait peu de rapport avec les emplois stables de la production rurale et industrielle; car les saccades inévitables de l'un se feraient sentir par contre-coup sur les autres.

La production, sauf pour l'objet minime des ventes à l'étranger, requiert bien moins un faible taux, qu'un taux fixe d'intérêt.

Quand l'intérêt fléchit, les entreprises sont suscitées en foule, et s'accomplissent avec des emprunts à bas prix.

D'où la surabondance des produits, qui ne profite qu'un moment à la consommation, cause la ruine de l'industrie.

Ensuite, si l'intérêt vient à hausser, les capitaux se retirent ou s'engagent à un taux exagéré, ce qui détruit une quantité de fabriques.

En tant que l'intérêt bursal peut influer sur l'intérêt contractuel, le besoin, le devoir commandent seulement de maintenir le niveau du premier.

D'autant que l'agiotage expirant bientôt, revomit les fonds qu'il consommait et les restitue au travail.

La recette se bornerait à faire acheter au-dessous de tel prix, car le pair n'est qu'un vain mot, et à faire revendre au-dessus du même prix.

Ainsi on obtiendrait, non pas l'amortissement de la dette, mais l'amortissement de la bourse.

L'état et ses membres, ou la richesse nationale et l'agriculture, l'industrie, ne gagnent que par la diminution des charges fiscales.

Non pas de celles consacrées à l'entretien des services publics, qui garantissent la liberté, la sûreté, la propriété.

Mais de celles enfouies au jeu de l'amortissement, dont l'effet se borne à forcer le cours, à rogner la dette.

Les fonds laissés à l'agriculture et à l'industrie, fournissent un produit brut de dix pour cent par an, et avec l'intérêt composé, un capital double en huit années.

Les fonds jetés dans l'amortissement n'ont été jusqu'à présent placés qu'à cinq pour cent, ne seront plus placés qu'à quatre pour cent : donnant avec l'intérêt composé, un capital double en quatorze ou vingt années.

Le capital appliqué à la production s'élève au double en huit ans, au quadruple dans seize, à l'octuple dans vingt - quatre ans : tandis que le capital absorbé par les rachats, ne monte guère qu'au double, à ce dernier terme.

Après quarante ans, le premier est porté au multiple de trente-deux, et le second reste au multiple de quatre.

C'est ici et seulement ici , qu'il importe de calculer la puissance de l'intérêt composé.

De dix-huit cent seize à dix - huit cent trente , la dépense de l'amortissement a consommé un milliard environ , qui équivaut à près de deux milliards avec l'intérêt de l'intérêt.

L'emploi de cette somme , opéré par les contribuables, aurait formé un capital final de quatre milliards.

Sur le bilan actuel de la richesse publique , à l'actif, il y a quatre milliards en capital , de moins; au passif, il y a cinquante millions en rentes de moins.

Les rachats reviennent au denier quatre-vingts; toutefois, sous la déduction de l'intérêt successif des rentes acquises.

Quant au bilan futur, il est déchargé d'un service de cinquante millions ; il est privé d'un profit de deux cent à trois cent millions , résultant de l'emploi des quatre milliards.

Et comme le signe monétaire se déprécie plus rapidement, que ne se dégrade le taux du profit; en valeur réelle, le rapport devient de plus en plus fâcheux.

Il reste sur le grand livre , en cinq ou en trois, environ cent quatre-vingt millions de rentes, dont quarante millions sont inaliénables de droit, et quatre - vingt millions sont immobilisés par le fait.

La réduction ne peut guère atteindre les premières qui avaient été exceptées du projet de remboursement, ni les secondes qui en grande partie ont été déja réduites des deux tiers.

Supposons qu'on n'y ait aucun égard.

Les cent trente millions du cinq , réduits à quatre et demi, donnent un bénéfice de treize millions ; et réduits ensuite à quatre, si les temps s'y prêtent, portent le bénéfice à vingt-six millions.

Tandis que l'épargne de trente-six millions est obtenue au moment même, en limitant l'amortissement à raison d'un pour cent du capital.

Et certes, soit qu'on se rende aux leçons de l'expérience , aux conseils du sens commun ; soit qu'on revienne à la mode d'imitation de l'Angleterre, on passera à l'abolition même, sauf à laisser aux porteurs des trois, un fonds de rachat, dans une proportion un peu plus forte.

Il faut rechercher quant à l'amortissement ; non pas quelles sont ses fins ; car ce serait supposer qu'il est le fruit d'une conception , d'une combinaison rationnelle :

Mais bien quels sont ses effets ; car il s'en manifeste à la suite d'un acte quelconque ; et seulement quand l'acte est opéré à l'aveugle , les effets contrarient les vaines présomptions.

L'amortissement tend à hausser le cours des fonds publics ; ce qui nuit d'autant au projet de diminuer la dette.

L'amortissement prétend diminuer la dette ; à quoi il parvient dans ce rapport, qu'au taux actuel il absorberait trente millions ou le sixième en dix années ; et qu'en faisant subir au pays , le service des rentes rachetées, il absorberait toute la dette en quarante années peut-être.

De plus il entend hâter l'époque de la réduction de l'intérêt ; auquel titre les dépenses effectuées doivent s'élever par-delà le quadruple du bénéfice opéré.

Enfin il sous-entend faciliter des emprunts nouveaux ; dans lequel but les espérances acquises au prix de frais énormes , seront trompées au moment, par la moindre chance politique.

La vérité est trop simple.

La France, contrée agricole, pays continental, Etat révolutionné, qui tant de fois viola les contrats, qui n'entre que d'hier dans les voies du crédit, qui aspire pendant la paix les capitaux de l'étranger, est exposée aux variations les plus soudaines, les plus violentes du cours.

On rachète au-dessous de quatre pour cent : on n'emprunterait en cas de guerre, qu'à six pour cent : il y a perte d'un tiers, sans parler des avances de fonds.

En faisant ce métier pendant dix ans, les avances monteront à huit cent millions pour le trésor, équivaudront, avec l'intérêt de l'intérêt, à deux milliards pour l'Etat : en retour de trente millions de rentes amorties.

Puis, au terme de dix ans, on empruntera deux milliards, rentrant ainsi dans les fonds déboursés ; au taux de six pour cent, au prix de cent vingt millions de rente.

Il y aura quatre-vingt-dix millions de perte par an ; sauf la faillite qui sera d'autant plus hâtive.

Or sans aucun amortissement, comme il ne resterait qu'un sixième de plus sur le grand livre, l'emprunt se remplirait à demi pour cent en sus, montant à dix millions.

L'épargne de ces dix millions aura coûté deux milliards, dans la proportion du denier deux cents.

Les effets de l'amortissement consistent à hausser le cours des fonds, à diminuer le montant de la dette, à hâter la réduction de l'intérêt, à faciliter des emprunts nouveaux.

Eh bien ! ces quatre points sont obtenus par d'autres causes, sans nuire aux contribuables, sans frapper sur les rentiers.

En premier lieu, se présente l'accroissement du capital national ou la création de nouvelles richesses, dont la marche naturellement progressive, est arrêtée par la levée du fonds d'amortissement : lequel nuit ainsi, plus qu'il ne sert autrement.

A leur aide, des fonds viennent se colloquer dans la rente et en immobilisent, en amortissent une portion sans cesse augmentée.

En second lieu, la dépréciation du signe monétaire, fait tomber de plus en plus, la valeur nominale, calculée en chiffres, au-dessous de la valeur réelle, appréciée en denrées.

Après un demi-siècle, les deux cent millions de la dette ne représentent plus que cent millions, au titre du jour du contrat : ce qui occasione déja une forte réduction dans la fortune des rentiers.

Et par l'action coïncidente de ces deux causes, il arrive ; d'une part, que la richesse publique élevée au double, ne subvient plus par exemple, que d'un quarantième du revenu, au lieu d'un vingtième, pour l'acquit des deux cent millions.

De l'autre part, que les deux cent millions dépréciés à moitié, ne requièrent plus pour leur acquit, qu'un quarantième au lieu d'un vingtième du revenu actuel, et par conséquent qu'un quatre-vingtième du revenu futur..

Tellement que le prélèvement sur les fortunes privées, au terme de cinquante ans, doit s'opérer dans la proportion du quart seulement, en rapport de la perception imposée sur ces fortunes, au moment présent.

EXTRAITS

Des divers écrits publiés en 1824 et 1825 sur le remboursement et la conversion.

« Mais, a-t-on dit, le remboursement des rentes inscrites n'est pas légal ; il n'a pas été stipulé dans le contrat passé entre le gouvernement et les prêteurs ; ceux-ci ont fourni des capitaux variables, suivant le prix du marché, et en échange ils ont reçu des rentes fixes, exemptes de toute variation ou réduction. Ils n'ont été inscrits au grand-livre que pour *des rentes perpétuelles*, mais non pour *des capitaux*. Enfin il est de notoriété publique qu'au moment des emprunts, ni le gouvernement, ni les capitalistes n'ont songé que les rentes alors créées seraient un jour remboursées.

Une ligne du code civil réfute toutes ces objections. L'art 1911 porte : *La rente constituée en perpétuel est essentiellement rachetable.* Il est donc inutile que la faculté du remboursement ait été implicitement prévue à l'époque des emprunts, ou explicitement stipulée dans chaque contrat ; elle est écrite pour tous dans le texte de la loi. (*Moniteur du 26 mars 1824.*)

. . . .

Le projet est-il légal ?

Est-ce par les lois anciennes, par le code civil, par les actes d'emprunt, par un, ou deux, ou trois de ces moyens ?

Qu'on ouvre le code civil : l'art. 2 abolit l'art. 1911, et rédime ainsi toutes les créances antérieures ; l'article 1911 n'est applicable qu'entre les particuliers.

Qu'on présente les actes d'emprunt; il n'y a pas un mot du remboursement : qu'on présente les titres émis; le mot *consolidés* y est écrit, et le capital n'y est point énoncé.

Qu'on fasse retraite sur les lois anciennes : elles se réduisent à un édit de 1763, portant réserve et faisant exception ; à une loi de 1793 qui n'est point spéciale et qui ne peut réagir sur les rentes anciennes.

. . . .

Répétons le fameux axiome : « Une ligne du code civil réfute toutes les objections ; l'art. 1911 porte : *La rente constituée en perpétuel est essentiellement rachetable.* »

Et répondons : « Une ligne du code civil réfute toute cette ligne : l'art. 2 porte : *La loi ne dispose que pour l'avenir; elle n'a point d'effet rétroactif.* »

D'ailleurs, les art. 1912 et 1913, qui touchent à l'art. 1911, décident que le capital d'une dette constituée devient exigible, 1° si le débiteur ne fournit pas les sûretés promises; 2° s'il manque à servir les intérêts pendant deux ans ; 3° s'il tombe en faillite ou en déconfiture.

Or, que s'est-il passé depuis trente-cinq ans? 1° l'enlèvement de toutes les sûretés affectées aux anciennes rentes; 2° la cessation prolongée du paiement des arrérages; 3° la faillite la mieux conditionnée, ou plutôt une déconfiture complète. C'était donc à triple titre que l'État devait rembourser ses créanciers, à triple titre qu'ils pouvaient exiger le paiement. Et qu'a-t-il fait? qu'ont-ils dit? Rien du tout. Apparemment que ni lui, ni eux ne savaient lire au livre des lois.

Le gouvernement aurait le droit de profiter de l'article 1895, de même que de l'article 1911. L'un vaut comme l'autre; l'un s'applique où s'applique l'autre; car, suivant le *Moniteur*, l'État est dans le droit commun.

Qu'on tranche donc hardiment, qu'on retranche amplement. Art. 1911, la rente constituée est rachetable. Art. 1895, le débiteur ne doit rendre que la somme numérique prêtée.

Ainsi il n'est dû aux créanciers de l'emprunt Corvetto que 54,000 fr. pour 100,000 fr., aux créanciers postérieurs que 66,000 fr., etc., jusqu'à ceux du dernier emprunt, à raison de 89 pour 100.

Mais aussi les créanciers antérieurs à la restauration ont droit à obtenir la restitution de la somme numérique prêtée dans l'origine, sans déduction des deux tiers qui leur ont été enlevés indûment. Autrement le code ne serait plus que la loi du bon plaisir.

. . . .

On trouve dans Sinclair, V. I, pag. 507, la preuve que la faculté de rembourser était stipulée dans tous les contrats. « Le soin est pris, dit-il, d'établir une condition et

une stipulation dans l'acte même où l'emprunt est contracté, que le parlement aura la liberté de rembourser la
dette, par le paiement du principal, en la manière qui est
prescrite dans l'acte. »

Colquhoun dit également, p. 290, qu'il serait bien dé-
sirable que toute la dette fût convertie en 5 pour 100,
avec pouvoir de remboursement au pair : ce qui démontre
assez que l'Etat n'a jamais altéré les contrats faits avec les
prêteurs.

Hamilton, p. 228, exprime encore mieux avec quelle
précision les conventions étaient rédigées, en observant
que par l'acte de fondation des cinq pour cent, ce fonds
n'était remboursable qu'après le rachat de 25 millions des
5 pour 100, et qu'à l'égard du *loyalty loan*, contracté à
5 $\frac{1}{2}$ pour 100 d'intérêt, il ne pouvait l'être que trois ans
après l'extinction des 5 pour 100.

Il faut voir aussi comment en Angleterre, on a jugé les
argumens produits en faveur du remboursement de la
rente : « Le droit du parlement anglais repose sur une
clause spéciale exprimée dans le contrat, et non pas sur
des raisonnemens ou des principes généraux qui ne peuvent donner qu'un droit fort équivoque. » (*Sunday Mor-
ning herald.*)

. . . .

Les articles de l'édit de 1715 exceptent de toute réduction, les rentes antérieures à 1702 qui n'avaient pas été
vendues, ainsi que les rentes postérieures créées par arrêts
du conseil et lettres-patentes ; et soumettent les autres
rentes à divers taux de réduction, du quart à la moitié,
en proportion du coût réel de l'emprumt ou de l'achat.

D'où les rentes exceptées y gagnaient de ne plus payer le dixième ou le droit de visa , tandis que les rentes réduites étaient au moins allégées de leur perte , par cette remise.

Le préambule fait observer que les guerres et la famine et le désordre des finances imposaient à l'Etat, le joug irrésistible de la nécessité , et qu'au moment où il était forcé de violer les règles de la justice positive , il se montrait fidèle aux principes d'équité naturelle , qui parlent encore plus hautement.

En 1716, le même système de réduction fut appliqué aux rentes non payables à l'Hôtel-de-Ville, et toujours en raison de la perte des papiers et de la dépréciation des monnaies, sous l'empire desquels les contrats ou les achats avaient été effectués. (Forbonnais , v. 5.)

Il est remarquable que Desmarets n'a pas eu l'idée de rembourser la dette publique avec ces papiers de crédit , déja tant avilis et faciles à créer : ou du moins de porter l'effroi dans l'esprit des créanciers , et de donner en même temps quelque vaine apparence de légalité à l'opération , en en faisant la menace à ceux qui ne se prêteraient pas à la réduction.

Peu d'années après cette époque , Law , cet esprit inquiet et remuant , pour qui rien ne fût sacré , était également en mesure de faire une telle menace et de l'effectuer, ayant en actions et en billets , une valeur circulante de cinq à six milliards , qu'il pouvait porter au double ; et y étant comme excité, ce semble , par l'exemple de tous les débiteurs qui profitèrent de l'occasion , pour se libérer envers leurs créanciers.

Du temps de Forbonnais (v. 6, p. 157), les effets publics s'achetaient sur le pied de 4 et demi et de 4 pour 100 : et on doit réfléchir que leur taux ne variait pas alors comme à présent, qu'il restait le même pendant plusieurs années : ce qui aurait permis d'emprunter et de rembourser les rentes au denier vingt.

Enfin, il est constant que ni le clergé, ni les pays d'Etat qui avaient obtenu des emprunts à 4 pour 100, n'ont pensé à rembourser avec leurs produits, les rentes à 5 pour 100 : c'est un fait qui parle plus haut que tous les mots, un fait qui atteste qu'on ne reconnaissait point alors le droit de remboursement.

. . . .

Comment prétend-on assimiler les rapports de l'État avec ses créanciers, aux rapports des particuliers entre eux ; lorsque l'État ne peut se soumettre, ni être soumis aux devoirs de l'emprunteur ordinaire, et qu'ainsi il n'en résulterait qu'une charge pour les créanciers, sans nulle compensation ?

Comment comprend-on qu'il surgisse tout à coup, un principe de légalité, qui doive régir des engagemens contractés dans l'ignorance, qui vienne supposer aux parties respectives, des intentions jusqu'alors inconnues ?

Cette ancienne législation, dont il est fait tant d'état, ne date que de 1541, époque de l'invention des rentes constituées.

Alors l'intérêt n'était licite que dans le commerce : la faveur accordée à celles-ci, se vit naturellement balancée par la faculté donnée à l'emprunteur, de se redîmer.

Il faut bien admettre que nul contrat n'engage que par

le fait de la convention littérale ou de la volonté manifeste des parties ; et que dans le silence du texte ou dans le doute sur l'esprit , il doit être interprété , d'après les coutumes existantes.

Ainsi , le constitut entre particuliers, étant légalement remboursable et usuellement remboursé, l'acte même , en ce qu'il porte ce titre , consacre le droit.

Ainsi , la rente perpétuelle sur l'État , n'étant assujétie à la condition du remboursement, ni par la loi, ni par l'usage, ni par l'acte, en reste exempte.

Les chambres sont-elles compétentes ? Il ne paraît pas que personne ait élevé un doute à cet égard. Cela prouverait contre, plutôt que pour : lisez l'histoire , étudiez l'homme. Les axiomes l'ont égaré plus souvent que les paradoxes : l'idée qui se crée intuitivement dans le cerveau, qui n'est en nul rapport avec les données réelles, tourne facilement en axiome ; l'absurde, s'il n'est pas contrôlé, se revêt promptement des formes de l'évidence : rien n'est plus difficile à réfuter que l'absurde.

Or, le gouvernement représentatif est tombé sur la France, comme un vaste réseau qui a tout englobé , qui enserre tout. Cette forme est décevante : ce sont les élus , les sages, d'autres nous-mêmes en miniature, qui, éclairés et impartiaux, prononcent sur nous et entre nous. L'opinion se laisse entraîner et ne saisit plus les limites morales de l'omnipotence parlementaire.

C'est ainsi que la compétence des chambres a été reconnue d'emblée, a été prononcée sans arrêt.

Et cependant il y a un contrat ; il y a des créanciers et un débiteur, non pas des sujets et un gouvernement. Le régnicole en tant que porteur d'effets sur l'Etat, doit être tenu pour étranger, pour cosmopolite ; sa personne doit se scinder en deux êtres tout-à-fait disparates, l'être sujet qui obéit à la loi générale, et l'être créancier qui défend son titre particulier.

Or, les chambres n'ont de droit ni de pouvoir que comme agissant au nom de l'Etat. Dans l'acte synallagmatique, elles représentent l'emprunteur ; dans le procès avec le prêteur, elles sont parties : seront-elles juges aussi ?

Toute la question est là ; ou plutôt il n'y a point de question par-devant l'équité.

L'exemple de l'Angleterre est mis en avant, bien qu'il n'y soit pas applicable ; car en ce pays où les clauses sont formelles, la question légale n'a pu s'élever.

. . . .

Il existe un contrat. Avez-vous le droit de l'interpréter, de le violer, tantôt réduisant l'intérêt, parce que la nécessité l'exige, tantôt convertissant la rente à un taux plus bas, parce que l'avidité y induit.

Vous dites que le numéraire se déprécie, et vous dites vrai, au moins pour l'avenir. Mais il serait d'autant plus déloyal de rembourser en valeurs avilies, des valeurs reçues à un titre élevé ; mais il serait d'autant plus équitable de compenser, par un accroissement nominal du revenu, la perte réelle qui est supportée dans son échange contre les besoins de la vie.

Les rentiers ne s'étaient réservés que la jouissance du revenu, lequel a été fixé en numéraire à une somme équivalente à telle et telle quantité de denrées : si cette somme n'en paie plus la même quantité, le propriétaire du capital devrait plutôt l'élever jusqu'au rapport qui existait lors du contrat.

Après que le capital, dont l'Etat est propriétaire incommutable, a grandement fructifié à son profit, il ne faudrait pas que le revenu dont les rentiers ont gardé la jouissance temporaire, se déprimât, se desséchât à leur détriment? Et n'est-ce pas une chance assez lucrative pour le fisc, que le temps doive alléger de jour en jour la charge effective des intérêts de sa dette, sans qu'il se laisse aller à la tentation d'en forcer la réduction nominale.

Vis à vis de l'Etat, ainsi qu'entre les particuliers, ce sont les créanciers que la loi aurait à protéger, à défendre contre la dépréciation inévitable du signe d'échange; comme il a été question de le faire en Angleterre, en établissant un étalon (*standard*), un type fixe et invariable, pour servir de base aux actes.

Un mot conclut tout. Dans ces temps de longue durée, où l'intérêt commercial restait à 8, 10 et 12 pour 100, la pensée est-elle venue, ou de rembourser les créanciers, ou de leur attribuer un plus fort intérêt ? Non, sans doute ; et comme c'est l'égalité qui constitue l'équité, lorsque cet intérêt baisserait à 4 et à 3, il n'y aurait pas plus de motif, pas plus de droit pour rembourser le capital ou réduire l'intérêt.

Mais le fanatisme du crédit n'entend rien, ne sent rien : justice, morale, politique, tout doit être immolé sur ses autels. Les fonds abondent, l'intérêt baisse : la rente sera, ou remboursée, ou réduite, ou convertie.

Et cependant s'il arrivait ensuite, comme il arrivera sans doute, comme il est déja arrivé, que les fonds se raréfient, que l'intérêt se relève, la loyauté nationale ne serait-elle pas tenue à reconnaître le capital à l'ancien pair, à rétablir l'intérêt à l'ancien taux, en faveur des rentiers qui auraient accepté l'échange des 3 pour 100 ?

. . . .

L'expression seule, ce mot de rente, tout-à-fait synonyme du mot de revenu, jetait la plus vive lumière et éclairait la question sous sa véritable face : elle disait éloquemment pourquoi le contrat avait été consenti, et comment il devait être exécuté. Pour le prêteur, le but évident avait été d'acquérir un revenu ; pour l'emprunteur, l'engagement formel était d'en fournir la jouissance.

Le contrat synallagmatique tend à satisfaire deux besoins diamétralement opposés ; l'accord des volontés dérive du contraste des intentions. L'intention de l'une des parties manifeste l'intention de l'autre, prise en sens inverse ; il suffit de discerner celle du possesseur de la chose, pour déterminer celle de l'acquéreur.

Tout contrat est un échange de certaines valeurs entre deux personnes, dans lequel chacune d'elles opère simultanément, l'acte de vendre la valeur à elle appartenant, et l'acte d'acheter la valeur appartenant à l'autre.

En ce qui regarde les rentes sur l'Etat, le prêteur est le possesseur de la chose, du capital; et il opère l'acte de vendre un capital, l'acte d'acheter un revenu, tandis que l'Etat ou l'emprunteur, agissant vis à vis de lui, opère l'acte d'acheter un capital et l'acte de vendre un revenu. Telle est l'essence de leur transaction.

L'aliénation des biens immeubles, c'est-à-dire leur échange contre des écus, ne présente point un autre caractère. Le propriétaire vend un fonds de terre, le prêteur vend un fonds d'écus. Ils ont le même droit à disposer de leur chose, bien que leur chose ne soit pas la même.

La différence entre les deux contrats n'existe réellement que dans la valeur prise en échange, ou achetée par l'un et par l'autre. Pour le propriétaire cette valeur est un capital, pour le prêteur elle est un revenu.

Les deux contrats s'assimilent absolument, lorsque le propriétaire, au lieu d'aliéner purement et simplement, se borne à arrenter, à afféager, à céder le bien en échange d'une rente foncière perpétuelle ; car, par ce mode, ainsi que le prêteur, il effectue à la fois la vente d'un fonds et l'achat d'un revenu.

Or, il n'est pas venu à la connaissance qu'en aucun pays, que sous aucune loi, l'afféagiste, ou le tenancier à titre perpétuel ait été autorisé à faire abandon, à déguerpir du bien, à le restituer en nature et se décharger de la rente, à cause que ledit bien se serait déprécié, soit par le laps du temps, soit par l'effet des accidens.

. . . .

Ma jouissance! s'écrie l'ancien rentier, elle a survécu

aux coups de la révolution. Ma jouissance ! s'écrie le rentier nouveau, elle fut acquise sous le sceau de la restauration. Elle existe de fait et de droit, disent l'un et l'autre ; et par le fait seul qu'elle dure, elle est en droit de durer.

Ils ont raison en morale, en politique, en justice; est-ce assez ?

Vous l'ignorez encore. Dénué de force, incertain de durée, asservi aux besoins, que faut-il à l'homme, et sur quoi agit la loi ? Ce qu'il faut ? la vie, la nourriture, la jouissance, le revenu. Tel est le principe du premier droit qui soit dévolu à l'homme, du premier devoir qui soit imposé à la loi.

La loi traite des biens et des capitaux, en règle la transmission, en détermine l'usage. D'où vient qu'elle y porte tant de soins ; car enfin les fonds meubles ou immeubles ne se prêtent point à la subsistance, ne tournent point en alimens ? L'homme ne vit pas du sol de ses champs, ni de l'argent de ses coffres; l'inanition le saisirait assis sur son trésor, où se promenant à travers ses terres.

C'est par la raison que ces biens donnent naissance au revenu, et fondent ainsi la jouissance : ils remplissent l'office d'un creuset, d'une matrice, où germent et se développent les produits annuels, dont se forme le revenu, sur quoi s'exerce la jouissance : s'il en était autrement, et l'homme et la loi n'y attacheraient pas plus d'importance, soit qu'ils fussent situés en France ou à la Chine.

Et d'où vient que la loi s'occupe de ces biens, de ces fonds qui sont morts par eux-mêmes, plutôt que de leurs produits, de leur revenu, qui seuls ont le principe de vie ? C'est que les produits annuels étant tour à tour destinés à périr par la consommation et à renaître par le travail, ne présentent point de corps fixe, point d'être durable et saisissable, à la conception de la loi, non plus que dans son exécution.

Il n'est donc que le revenu qui entre dans la mise sociale, qui pèse et compte dans les titres de l'individu ; et les prescriptions infligées à la loi, les prévisions établies par elle, ne le sont qu'en vue de la jouissance.

Les rentiers n'avaient pas tort, ni en droit, ni en fait.

(Page 283.) « Chaque livre sterling sortie de la bourse publique, donne naissance à plusieurs fois son montant dans le produit du travail. Le créancier, avec les fonds qu'il reçoit, devient capable de donner de l'emploi à toutes les classes laborieuses. Ces classes placent leur argent dans l'achat des articles qui leur conviennent, au moyen de quoi chaque individu fournit un produit additionnel à la masse de la richesse générale, comme il est visible par la situation prospère du peuple. »

(Page 290.) « Si le pays doit être favorisé d'une prospérité progressive, on verra, ainsi qu'il a été déja prouvé, que la dette fondée sera peu à charge, et qu'elle donnera une impulsion considérable au travail productif de toutes les classes, sur lequel repose exclusivement l'accroissesement de la richesse publique. » (*Colquhoun*).

. . . .

L'intérêt de la dette publique ne commande point celui des transactions civiles : en Angleterre, les trois étaient à 90, tandis que la Banque escomptait encore à 5 pour 100 ; en France, l'intérêt hypothécaire n'était qu'à 6 pour 100, lorsque les 5 languissaient à 60.

La baisse de l'intérêt ne porte point un avantage intrinsèque. S'opère-t-elle soudainement, il s'ensuit des pertes, des désastres qui réagissent sur la richesse publique, parmi les personnes antérieurement engagées dans les affaires : ne dure-t-elle que passagèrement, il s'ensuit des malheurs analogues parmi les personnes engagées subséquemment dans les affaires.

Quand même la baisse de l'intérêt serait lente et permanente, d'une part, elle réduit les profits du loyer des capitaux, lequel profit devait fournir des épargnes et former de nouveaux capitaux : de l'autre, elle entraîne l'industrie à des opérations inaccoutumées, exagérées, dont le non succès consume une portion de la richesse nationale.

En thèse générale, on peut dire qu'à l'égard des transactions de l'intérieur, et dans un pays, dans des temps où les emplois sont saturés de fonds, et les produits avilis de prix, le taux inférieur de l'intérêt cause plus de mal que de bien.

Les gens à système n'en ont envisagé les effets que sous le rapport du commerce d'exportation, qui en profite pour soutenir la concurrence de l'étranger ; oubliant tout-à-fait que le commerce intérieur est en Angleterre, dans le rapport de 10 à 1, avec le commerce extérieur ; en France, dans le rapport de 100 à 1. Lequel faut-il sacrifier ?

Ils ne se sont pas même doutés, que chez nos voisins, le taux de l'intérêt n'exerce qu'une influence imperceptible sur le prix vénal des produits industriels, en comparaison de l'influence illimitée qu'exercent l'esprit d'association, le caractère de constance et de prudence qui les distinguent.

. . . .

L'usage du crédit est soumis à des lois morales : il doit exister un besoin absolu de l'employer ou un espoir légitime de le soutenir : autrement ses succès tournent en revers.

Le crédit de l'Etat qui est isolé du crédit commercial, étant au-dessus en Angleterre et au-dessous en France, se réduit, dans sa simple expression, à la faculté plus ou moins puissante de contracter des emprunts.

Lorsque l'Etat n'est pas obligé à recourir aux emprunts, le degré de son crédit lui reste indifférent, puisqu'il n'en use pas; et n'est même qu'apparent, tant qu'il n'en a pas usé.

Les jeux du sort sont bien connus, surtout en cette matière. Jamais les actions de la caisse d'escompte ne furent plus hautes qu'en 1789 et 1790, à la veille d'une catastrophe générale ; et, depuis un long temps, les trois anglais attendaient, pour monter à 95, cette fatale année de 1792, qui présageait une guerre de vingt ans, et dans laquelle ils tombèrent en vingt jours de 90 à 74.

Or, tous les efforts faits hors de saison entravent les progrès de la richesse nationale, qui seule prépare pour les temps futurs une base solide au crédit.

. . . .

On veut secourir les contribuables. Cependant si le cours moyen des rachats s'établissait à 85, il en coûterait, pour soutenir l'amortissement jusqu'à l'extinction de la dette, autant qu'il aurait été épargné par la réduction du cinquième. Pour les contribuables, il y a balance exacte ; pour les rentiers, toute la perte ;

pour les agioteurs, tout le profit. Cela est - il tolé-
rable ?

Et notez que les agioteurs toujours affamés, récla-
meraient seuls la prolongation de l'amortissement, tandis que les rentiers toujours pressurés, y resteraient
indifférens, n'ayant point l'intention de vendre même
leur 3 pour 100.

Parlerait-on de fonder le crédit pour l'autre siècle ?
Il faudrait répondre que la loi ne doit point disposer
pour l'avenir, par cela même qu'elle ne peut disposer
de l'avenir.

La loi se rappelle que les fonds les mieux consolidés
de l'univers ont joué depuis cent ans de 105 à 47, et
de 47 à 96, se tenant au plus bas cours, toutes les fois
qu'il leur était fait un appel ; et soudain, se relevant
au plus haut, dès lors que le besoin n'existait plus : la
loi a appris que le crédit, que la faculté d'emprunter se
fonde sur un cours constant et régulier, et non pas à
l'aide de saccades vives et variables ; que le crédit, jusque
là confiné dans l'idée, ne se réalise que par l'intermède
des capitaux, et que les capitaux ne sont fournis au
moment de la demande, que par les épargnes de la richesse publique.

. . . .

Lors de la baisse en 1818, de 80 à 60 fr., il y avait
un fonds d'amortissement déja puissant. Lors de la baisse
en 1823, de 94 à 76 fr., ce fonds existait aussi, plus fort
en proportion que le fonds actuel.

Il y a trois ou quatre ans que le chancelier de l'é-
chiquier prit le parti de réduire le *sinking fund* de 16

millions à 5 millions : justement à partir de cette époque, le 3 pour 100 vint à s'élever peu à peu du cours de 70, jusqu'au cours de 95.

En 1716, le *sinking fund,* le fonds d'amortissement fut établi ; en 1728, il fut astreint à fournir l'intérêt d'un emprunt de douze cent mille livres sterling ; en 1730, il fut privé d'une rentrée équivalente à l'intérêt d'un emprunt de même somme ; en 1732, cinq cent mille livres sterling lui furent enlevés pour employer au service courant, et il expira ainsi, suivant l'expression de *Price,* après une existence de seize ans.

Ce qui doit frapper, c'est la concordance de la hausse des 3 pour 100, avec la série des brèches faites à l'amortissement ; leur cours s'étant élevé en 1731-2-3, et n'ayant baissé qu'à la fin de 1733, pour reprendre bientôt son niveau.

Pitt fut le premier à ressusciter le fonds d'amortissement, au printemps de 1786 : les 3 pour 100, qui étaient déja en 1785 à 70 et 71, n'en languirent pas moins aux environs de 75, jusqu'en 1790.

Il n'y eut point de rachat, point d'extinction de la dette à dater de 1733 à 1786 ; et pendant cette léthargie prolongée de l'amortissement, l'Angleterre a emprunté plus de deux cent millions sterling, cinq milliards en francs, à des taux assez modérés, puisque suivant la table de Sinclair, les 3 pour 100 se sont soutenus constamment devers 90, jusqu'à la guerre d'Amérique.

L'action de l'amortissement s'exerce essentiellement,
à l'effet de retirer du marché et d'annuler une portion
des fonds publics, de sorte à diminuer leur masse.
C'est à peu près le seul résultat qui soit obtenu en
France, où les achats s'opèrent à raison d'un trois-
centième de la dotation annuelle, par chaque jour de
bourse.

Supposez que l'emploi du fonds quotidien équivale
à 10,000 fr. en 3 pour 100, l'influence qui en dérive
sur le cours devient tont-à-fait nulle, pour peu qu'il se
présente à la vente 100,000 francs de rentes, un million
de rentes, comme il arrive souvent, surtout lors des
liquidations.

Calculez cette influence par semaine ou par mois : ce
ne sera jamais que 60,000 et 240,000 fr. de rentes re-
tirées du marché, pendant un intervalle, ou un demi-
million, et deux millions de rentes auront pu être jetés
sur la place.

L'action de l'amortissement ne s'exerce efficacement
dans le sens de soutenir le cours, qu'autant que les com-
missaires gardent une réserve de fonds ; et surveillant
l'état présent ou prochain de la bourse, en font l'emploi au moment d'une baisse accidentelle, afin de
donner aux esprits le temps de se calmer, aux capitaux le
temps de se réunir.

Le gouvernement qui aurait l'heureuse idée, après
avoir conféré ce droit, d'imposer en outre le devoir de

vendre telle ou telle partie de rentes, aussitôt qu'une fougue de hausse ferait monter les effets publics par-delà leur valeur moyenne, se montrerait le premier à entendre la vraie théorie du crédit public ; se trouverait le seul à recueillir un bénéfice réel.

En attendant, le résultat de l'amortissement depuis neuf années, sous le rapport de la réduction de la dette publique, consiste dans l'achat de 56 millions de rente.

Sous le rapport de l'élévation du cours, son résultat se borne à quelques francs de plus. Il a été dit ailleurs, que le capital absorbé par la dette publique s'était accru en huit ans de 1,300 millions, sans y comprendre les rentes rachetées et les rentes immobilisées ; et ces 1,300 millions, qui montent plus qu'au double des fonds employés par l'amortissement, ont été fournis par les épargnes opérées sur la richesse nationale.

Or, si les rachats n'avaient pas tendu, pendant tout ce temps, vers la hausse des effets publics, une nouvelle portion de ces épargnes, attirée par des prix moins chers, s'y serait colloquée ; laquelle peut être estimée au quart des 1,300 millions, qui sont déja classés.

On doit en conclure que les rachats du trésor arrêtent en partie les placemens des particuliers, que leur action est paralysée par la réaction qui s'ensuit ; que, s'il n'avait existé nul fonds d'amortissement, la cote actuelle des fonds se tiendrait environ à 96, et s'y maintiendrait presque sans variation.

. . . .

D'après l'admirable rapport fait au nom de la commission de l'amortissement, il convient de déduire sur la

masse de la dette publique, 56 millions de rentes rachetées par l'Etat et éteintes de droit, dont le service, au
profit de la caisse, rentre dans la classe des autres services
publics ; et 5o millions immobilisées et main-mortables,
dont la dépense s'assimile à celle des pensions, des rentes
viagères : lesquelles rentes ne marquent au grand-livre
que sous le rapport des écritures.

Les deux portions effectives de la dette se composent
de cent millions appartenant aux rentiers proprement
dits, qui soutiennent le crédit par la stabilité de leurs
placemens, et de 56 millions appartenant aux joueurs,
qui sortent à peu près chaque mois de la rente : ce sont
les expressions même du rapport.

La première portion se tient, en quelque sorte écartée
des atteintes de l'amortissement, dont l'action se trouve
maintenant restreinte presque entièrement à la portion
mobile, à cette fraction flottante de la dette, qui peut
tendre à s'accroître, depuis que les 5 pour cent se soutiennent au-dessus du pair.

C'est en faveur des détenteurs de la fraction flottante
que la caisse a employé dans neuf ans 573 millions, qui
montent à plus de 700 millions, en y ajoutant les intérêts, à l'effet de racheter environ 56 millions de rentes,
lesquels reviennent ainsi au denier 20.

L'amortissement en exhaussant par artifice le cours
des effets publics, nuit à ceux qui n'ont qu'à acheter
une fois pour ne jamais vendre, autant qu'il sert ceux
qui ont sans cesse à revendre après avoir acheté ; et
l'addition d'un tiers, au titre des rentiers à capital, n'est
proposée, n'est compensée, qu'au moyen de la soustrac-

tion d'un cinquième, aux arrérages des rentiers à revenu.

A l'égard de l'intérêt général, il se trouve plutôt compromis que favorisé dans ce système. Suivant le rapport de la commission, on pourrait mettre en question, *si le fonds de l'amortissement n'aurait pas pu être aussi productivement placé, en restant disponible dans les mains des contribuables.*

Ainsi les deux intérêts respectables de la société, ceux des rentiers et des contribuables, sont sacrifiés à l'avidité des spéculateurs, et sont mis en opposition entre eux, tandis que leur accord était parfait ; car les rentiers ne tenant qu'au revenu, restent indifférens à la hausse, insensibles aux effets de l'amortissement ; et les contribuables eussent été réellement dégrevés par la réduction de son fonds, au lieu que le profit d'un intérêt plus faible, est annulé par les frais de rachat d'un capital plus fort.

. . . .

Il n'y a point de capital dans une rente non remboursable, de même qu'il n'y a point de rente dans un capital prêté sans intérêt.

La rente représente les fruits ; le capital rend l'image du sol. Dans le contrat de constitution, le sol est aliéné irrévocablement, le capital est comme éteint : il ne survit, il ne subsiste qu'une redevance en fruits.

Vous plaît-il de racheter cette redevance ? Vous faites bien, si le prix est modéré ; vous faites mal, s'il est exhorbitant. Mais, en tout cas, ce n'est pas le capital ou le sol que vous restituez : vous payez avec des fonds d'autre sorte ; vous achetez comme personne tierce, et à prix défendu.

Un jour, il ne vous conviendra plus ou il ne conviendra pas à vos neveux, de se libérer de la redevance. Et, dès lors, le capital supposé s'évanouira comme une ombre, se retirera aux espaces imaginaires ; dès lors, rien ne sera plus indifférent à vous comme à eux, que le 5 se soit élevé au cours de pourvu, que le nain soit devenu un géant.

FIN.